LA
CROIX D'HONNEUR

ET

LES COMÉDIENS

PAR

M. ERNEST LEGOUVÉ

DE L'ACADÉMIE FRANÇAISE

Prix : 50 Centimes

PARIS

MICHEL LÉVY FRÈRES, LIBRAIRES ÉDITEURS

RUE VIVIENNE, 2 BIS, ET BOULEVARD DES ITALIENS, 15

A LA LIBRAIRIE NOUVELLE

1863

LA
CROIX D'HONNEUR

ET

LES COMÉDIENS

PAR

M. ERNEST LEGOUVÉ

DE L'ACADÉMIE FRANÇAISE

Reproduction autorisée.

PARIS

MICHEL LÉVY FRÈRES, LIBRAIRES ÉDITEURS

RUE VIVIENNE, 2 BIS, ET BOULEVARD DES ITALIENS, 15

A LA LIBRAIRIE NOUVELLE

—

1863

LA

CROIX D'HONNEUR

ET

LES COMÉDIENS

Mon cher monsieur Havin,

Permettez-moi de vous soumettre une réflexion qui se rattache à deux principes constamment soutenus par *le Siècle*, l'égalité et le respect du travail.

Dans un des articles consacrés à l'examen du poëme de M. Samson sur *l'Art théâtral*, j'ai trouvé la phrase suivante qui m'a frappé : « Pourquoi M. Samson n'a-t-il pas intitulé son poëme *l'Art du* « *comédien?* Aurait-il reculé devant ce mot *jadis* déconsidéré de « comédien, et suppose-t-il le public encore imbu de ce vieux pré- « jugé? »

Si cette phrase est juste, si en effet il faut reléguer au nombre des vieilleries qui ont fait leur temps, le préjugé absurde qui pesait sur les artistes dramatiques, comment se fait-il que M. Samson, auteur de plusieurs comédies en vers, qui toutes ont été applaudies, fondateur de la Société des artistes dramatiques, administrateur du Théâtre-Français pendant une crise des plus difficiles, professeur de déclamation et professeur incomparable au Conservatoire, titulaire dans le même établissement d'une chaire de littérature, comment se fait-il que cet homme, qui depuis vingt-cinq ans a mérité à trois ou quatre titres différents la croix d'honneur, ne l'ait pas encore aujourd'hui? Nous n'attachons à ce ruban, comme à tous les autres, que la valeur qu'il mérite; on peut être un homme éminent et ne pas l'avoir; j'ajoute, et ne pas le vouloir. Mais il s'agit ici d'équité, et non de la croix d'honneur en elle-même; alors pourquoi M. Samson ne l'a-t-il pas? En accusera-t-on le mauvais vouloir ou l'inintelligence des diverses administrations qui se sont succédé en France depuis trente ans? Ce serait injuste, car elles ont toutes, plus ou moins, donné aux arts des preuves incontestables d'intentions bienveillantes et libérales. A qui donc la faute? A qui? A ce préjugé qui est en train de mourir, je le veux bien, mais qui n'est pas mort; à ce reste d'opinions arriérées dont les plus puissants ont souvent peur, et qu'effaroucherait cette alliance de mots : la croix d'honneur et un comédien! Qu'on ne nous objecte pas le nom de deux chanteurs de l'Opéra-Comique encore vivants tous deux, et tous deux décorés. Ils n'ont été décorés que quand ils n'ont plus été chanteurs; mais un comédien, nommé membre de la Légion d'honneur comme comédien, il n'y en a pas d'exemple. Pourquoi? Pourquoi cette récompense, dont le principal mérite est dans l'idée d'égalité qui a présidé à sa création, est-elle accessible à toutes les classes, sauf à une seule? Pourquoi accordez-vous cette distinction à l'auteur d'un ouvrage de théâtre, et la refusez-vous à l'interprète qui en est le second créateur? Pourquoi et en quoi cultiver un art qui se rattache à une des gloires les plus éclatantes de la France, se vouer à un travail qui repose sur la plus noble des études, l'étude de l'âme humaine, embrasser une carrière qui exige souvent l'observation profonde du temps présent et la connaissance réfléchie des époques passées; pourquoi et en quoi est-ce moins digne d'honneur que de figurer dans un conseil d'administration de chemin de fer? Pourquoi un artiste qui, au rare privilége de nous avoir charmés pendant vingt ans, sait joindre (il y en a plus d'un exemple) le mérite de pratiquer les nobles maximes qu'il émet dans les comédies, et qui remplit aussi bien son rôle d'honnête homme dans la vie que sur le théâtre, pourquoi, dis-je, est-il moins digne d'honneur qu'un industriel intelligent, un bon employé de ministère ou un fonctionnaire plein de zèle? Dans toutes les professions, l'ancienneté seule est un titre, et il suffit d'avoir été très-longtemps quelque chose,... n'importe quoi,... et souvent n'importe comment, pour pouvoir aspirer à la décoration; dans l'art théâtral, la supériorité la plus éclatante, même accompagnée de longues années de service, même relevée par des vertus véritables, ne vous y donne aucun droit.

Abordons franchement l'objection. Ce qu'on reproche aux comédiens, c'est le caractère de leur profession, la production de leurs personnes en public, les inconvénients qui en résultent, enfin tout cet ensemble de circonstances et d'habitudes qui constitue ce que les anciens appelaient les *mœurs* d'un État, *mores*.

On pourrait répondre que, d'une part, ces *mœurs* sont précisément la conséquence du préjugé qui pesait sur les artistes, et que, de l'autre, ceux qui y échappent n'en sont que plus dignes d'estime et de distinction. Mais la question est bien autrement grave : elle se lie à l'ensemble même de notre société. A ce titre, elle vaut qu'on s'y arrête un moment.

Rien ne s'appelle *préjugé* qui ne se soit d'abord appelé *principe*. Tout préjugé est un principe vieilli, de là sa ténacité. S'il est parfois si longtemps à mourir, c'est qu'il a été longtemps vivant; sa force de résistance est en raison de son ancienne force d'action. Or c'est précisément ce qui arrive au préjugé qui nous occupe; lui aussi, il touche au fondement même de l'ancienne société. Pourquoi en Amérique honore-t-on le travail? Parce que l'Amérique a débuté par le travail. Nous, nous avons débuté par la conquête : de là, d'abord, un seul métier honorable, celui des conquérans, le métier des armes. Mais à mesure que la société s'est compliquée et développée, les autres forces dont elle avait besoin pour vivre, le commerce, l'industrie, les professions intellectuelles, sont entrées en scène et ont pris place dans le monde, mais en restant toujours

inférieures, dédaignées. Elles avaient un péché originel : le travail
était serf, le glaive suzerain. Cette suzeraineté ne manquait pas de
raisons pour se légitimer à ses propres yeux. Tout travail, donc
tout état, a ses inconvénients, ses travers, je dirais volontiers sa
maladie particulière : il n'y a que ceux qui ne se servent pas de
leurs doigts qui ne les salissent jamais; on ne marche pas dans la
rue sans se mettre de la poussière et même de la boue aux pieds.
Eh bien! les suzerains de l'épée, et plus tard leurs successeurs, les
suzerains de la terre, trouvèrent facilement dans chaque profession
le vice ou le défaut qui lui était propre, et établirent là-dessus leur
dédain pour ceux qui l'exerçaient. On définissait la profession par
la maladie, et l'individu par la profession. Que disait-on de vous,
avocats? état de bavards; de vous, médecins? état de charlatans;
de vous, savants? état de pédants; de vous, marchands? état de...
je ne veux pas écrire le mot. L'individu était déconsidéré par son
travail, emprisonné dans son travail, marqué du sceau de son travail.

La Révolution vint qui souffla sur ces iniquités; un mot changea
tout : le serf devint le suzerain, le travail fut roi, et une division
nouvelle ne reconnut plus dans les professions que deux classes, les
honnêtes et les déshonnêtes. Cette maxime équitable : Tant vaut
l'homme, tant vaut la chose, remplaça le vieux principe : Tant vaut
la caste, tant vaut l'homme. C'était l'avénement de l'individu et
l'anéantissement de la classe, ou, pour mieux dire, l'avénement de
toutes les classes. Soudain se produisit un changement nouveau. A
mesure que les professions s'élevèrent, ceux qui les exerçaient
s'élevèrent aussi; les vices, les travers, je ne dis pas disparurent,
mais s'affaiblirent : un métier rabaissé rabaisse, un métier honoré
rend honorable; plusieurs des professions affranchies prirent et
méritèrent le beau nom de professions libérales, et la création de
la Légion d'honneur consacra l'œuvre d'égalité en confondant tous
les mérites dans la même récompense.

La profession théâtrale profita comme les autres de cet esprit de
justice. MM. les gentilshommes de la chambre ne purent pas plus
envoyer un acteur en prison que distribuer des lettres de cachet.
Le Fort-l'Évêque tomba avec la Bastille; les comédiens devinrent

citoyens. L'Église seule résista pourtant quelque temps. Nous avons
vu encore l'excommunication interdire aux comédiens le mariage,
la sépulture religieuse, les pratiques de la religion. Ce vieux reste
du vieux monde tomba peu à peu devant la raison publique et surtout, disons-le, devant le progrès moral de la classe des artistes
dramatiques. Eux aussi, affranchis d'hier comme nous, ils ont
comme nous répondu à cette belle loi de l'affranchissement qui
rend digne de ce qu'elle donne. J'ignore ce qu'était l'ancienne
Comédie-Française, mais je ne dirai que ce que chacun sait, en
affirmant qu'il est impossible de rencontrer dans une réunion de
vingt hommes, quels qu'ils soient, plus de droiture, de loyauté,
de procédés de galant homme, que dans les artistes du Théâtre-
Français.

Sans doute c'est là une élite; sans doute on trouverait dans
telle ou telle fraction de la grande famille des artistes dramatiques
des habitudes moins dignes; mais quelle classe n'a pas ses bas-
fonds? quelle profession n'a pas ses bohèmes? Et de quel droit
rendrez-vous les bons, responsables de la conduite des mauvais?
Dieu merci, le dogme de la reversibilité a fait son temps; nous ne
sommes plus solidaires que de nous-mêmes, et la société moderne
ne reconnaît qu'une seule règle : à chacun selon ses œuvres. Je vais
plus loin; c'est au nom même des acteurs qui ne la méritent pas
que nous réclamons la croix pour ceux qui la méritent. Appliquez
là encore cette loi féconde d'*élever en relevant*, et donnez aux uns
la récompense pour donner aux autres l'émulation. Égaux à tous
devant la loi civile, égaux à tous devant la loi religieuse, les comédiens doivent l'être devant l'estime publique. On ne peut pas
excommunier de l'honneur ceux qui ne sont plus excommuniés de
la foi. Comment la chancellerie maintiendrait-elle son anathème
quand l'Église a levé le sien?

Le lèvera-t-elle? L'occasion est bien heureuse!

Voilà M. Samson qui ajoute à tous ses titres passés le mérite
solide et sérieux d'un poëme remarquable, où toute une vie de travail et d'observation se trouve condensée en quelques pages;
obtiendra-t-il enfin cette distinction tant de fois gagnée? aura-t-il
le bonheur d'être le point de départ d'un nouveau progrès dans

cette loi d'émancipation, qui fera monter successivement toutes les classes à la lumière? Qui oserait le dire? Qui sait si le plus sincère bon vouloir ne sera pas paralysé par ce même vieux mot : C'est un acteur! Qui sait si quatre mille vers, souvent pleins de talent, compteront à M. Samson comme une expiation suffisante pour avoir, pendant près de quarante années, interprété dignement, reproduit savamment, rendus vivants et visibles, quelques-uns des plus beaux chefs-d'œuvre dont s'honore la France? Singulier pays que le nôtre! Toujours à la fois en avant et en arrière de tout! Les Anglais ont enseveli Garrick à Westminster, les Romains estimaient Roscius à l'égal d'un consul, et un jour l'empereur Napoléon a dit : « J'aurais décoré Talma si je l'avais osé. » Avouons que l'empereur, pour une fois qu'il lui a pris fantaisie d'être timide, à bien mal placé sa timidité, et formons des vœux pour qu'elle ne fasse pas partie de son héritage.

E. LEGOUVÉ.

M. Prevost-Paradol, en mentionnant cet article dans le *Journal des Débats*, et en rendant justice au sentiment qui l'a dicté, avait ajouté : « Détruire un préjugé qui date d'aussi loin, *ce n'est pas aisé.* » Voici la réponse de M. Legouvé :

A M. PREVOST-PARADOL.

Oui, mon cher Prevost, vous avez raison, ce n'est pas aisé. Voilà pourquoi il faut toujours revenir à la charge si l'on est convaincu, comme je le suis, qu'il s'agit ici d'une iniquité à combattre et d'un principe à soutenir. Il n'y a pas de petits côtés dans les questions de principe, car chaque fraction d'une idée générale la contient tout entière ; et je défends ici l'idée d'égalité.

Je connais tous les périls, tous les inconvénients de la profession théâtrale, ils sont considérables, et je ne sais pas un seul artiste éminent qui ne les sente et qui n'en ait souffert. Mais voici la question. Notre loi renferme un article ainsi conçu : « Tous les Français sont admis à tous les emplois et à tous les honneurs. »

Eh bien ! les inconvénients attachés à l'état de comédien sont-ils tels qu'ils rayent cet article pour tous ceux qui exercent cet état ? Cet art est-il si marqué d'un péché originel, que ni l'éclat qui s'y attache, ni les jouissances élevées qu'il nous donne, ni les études profondes qu'il exige, ne peuvent effacer cette marque ? Là, comme partout, ne doit-on pas établir la compensation entre le bien et le mal ? Et enfin, fait-on un acte juste en excluant de la loi commune, comme indigne, une profession qui compte des noms comme ceux de Molière, de Shakspeare et même de Sophocle, car Sophocle, à dix-huit ans, figurait avec éclat sur le théâtre d'Athènes ! Je le répète, voilà la question. Or, permettez-moi une réflexion. Sur quoi se fonde la noblesse des plus illustres familles ? Sur quelque acte glorieux accompli par un de leurs pères. Il suffit d'un grand homme pour ennoblir toute sa race, et cette race, fût-elle mille fois dégénérée, cette famille, n'eût-elle plus pour représentants que des êtres indignes d'elle, la gloire de l'aïeul rejaillit même sur ces misérables rejetons; son nom seul les défend, les protége, les ennoblit encore. Eh bien! qu'on me cite une famille qui compte dans son arbre généalogique trois noms pareils à ceux de Sophocle, de Shakspeare et de Molière! Je ne comprendrai jamais, quant à moi, qu'avec de tels ancêtres on ne soit pas trouvé d'assez bonne maison pour pouvoir aspirer à l'honneur.

Remarquez-le d'ailleurs : ces grandes renommées littéraires ne sont pas les seules dont puisse se glorifier la famille des artistes dramatiques, et, en France surtout, nombreuse et glorieuse est la liste des comédiens poëtes.

Baron, l'auteur de *l'Homme à bonnes fortunes*, était comédien; Dancourt était comédien, Montfleury était comédien, Legrand était comédien, Monvel était comédien, Lanoue était comédien, Duval était comédien, Picard était comédien. Cette profession dédaignée a donc sa part, non-seulement d'interprétation, mais de création, dans la gloire de notre théâtre. Je dirai plus. Qui sait si ces écrivains n'ont pas vu leur talent d'écrivains s'accroître de leur expérience d'interprètes? Molière eût-il été tout lui-même, sans ce perpétuel et vivant commerce avec le public? Shakspeare aurait-il été tout lui-même, sans cet échange électrique qui se fait sans cesse entre l'acteur et le spectateur? Tous deux, grâce à leur état, ont senti chaque jour vivre et frémir l'humanité, tous deux avaient sans cesse la main sur son cœur, pour ainsi dire, et voilà pourquoi ils l'ont peinte si puissamment. Osez donc excommunier de l'honneur une profession à qui vous devez quelque chose du génie de Molière et de Shakspeare.

Je n'attache, bien entendu, à la décoration qu'une importance fort relative ; vous l'avez dit justement : M. Samson n'en a pas besoin. Mais sa profession en a besoin; c'est *pour elle* que je la réclame *pour lui*; et quand je pense qu'à la réorganisation de l'Institut on avait créé une section pour les artistes dramatiques, quand je me rappelle que Molé, Monvel, Larive et Grandménil étaient membres de l'Institut, je ne puis m'empêcher de sourire des exclusions bizarres qui frappent les artistes dramatiques de nos jours.

On décore tous ceux qui, de près ou de loin, touchent aux théâtres; ceux qui construisent des théâtres, ceux qui peignent des décors de théâtre, ceux qui conduisent des orchestres de théâtre, ceux qui dirigent des théâtres, ceux qui font des pièces de théâtre, ceux qui rendent compte des pièces de théâtre, ceux mêmes qui interdisent des pièces de théâtre, et on ne décore pas ceux qui jouent des pièces de théâtre, c'est-à-dire ceux qui seuls constituent le théâtre!

On décore ceux qui enseignent l'art dramatique, et on ne décore pas ceux qui l'exercent.

On décore les artistes qui montent sur une scène pour jouer du violon, de la basse, de la flûte, et l'on ne décore pas ceux qui viennent sur cette même scène... jouer... de la voix humaine! Il est vrai que les pianistes n'ont obtenu la croix d'honneur que trente ans après les violonistes. Il paraît que toucher une corde est plus noble que frapper une touche.

Un jeune homme s'essaye sur le théâtre, il échoue, il se retire, et se fait professeur. Il a des chances d'avoir le ruban à sa boutonnière... Mais un artiste supérieur charme le public pendant vingt ans et achève ensuite dans le professorat une carrière brillamment commencée sur la scène,... on ne le décore pas! sa gloire passée lui nuit, même, hélas! quand elle est passée! Si, au moins, il avait été médiocre, dit-on, si on ne se souvenait plus de lui, s'il n'avait jamais pu pratiquer ce qu'il enseigne,... à la bonne heure!.., Mais un homme qui a un nom européen! c'est impossible! On ne peut pas oublier qu'il a été acteur! Et Duprez n'est pas décoré.

Eh! d'où vient cette iniquité? Que leur reproche-t-on? De produire leur personne en public! De s'exposer aux sifflets! Et l'on ne peut pas, dit-on, exposer la croix d'honneur à être sifflée en eux. Mais d'abord les comédiens sont les seuls sur la poitrine desquels on ne puisse pas siffler la croix, car ils sont les seuls qui la quittent pour exercer leur profession; et quant à la production de leur personne, que font donc les instrumentistes? Que font... ou que faisaient nos candidats dans les comités électoraux? Que font les aspirants aux chaires de Faculté? Que font les orateurs, les professeurs? Est-ce que nous n'avons pas vu des maîtres éminents

poursuivis dans leur chaire par des sifflets? Est-ce que nous n'avons
pas vu des orateurs politiques de premier ordre insultés, presque
menacés à la tribune? Est-ce que nous n'avons pas vu, ce qui est
pire, des prédicateurs applaudis? Allez en Amérique, en Angleterre,
partout où la vie publique est ce qu'elle doit être, puissante et
libre, et vous verrez partout l'homme produire sa personne devant
la foule, accepter la lutte avec elle comme avec le plein air où il
parle, et ne pas plus prendre souci d'un sifflet que d'un sifflement
d'orage. C'est sur les tréteaux des *hustings*, c'est au milieu des cris,
des huées, des applaudissements furieux mêlés d'imprécations plus
furieuses encore, que tous les grands orateurs anglais ont fait le
noviciat de leur éloquence et de leur patriotisme. C'est sur des
tréteaux que Cobden est monté pour répandre sur le monde ces
réformes qui ont immortalisé son nom et renouvelé son pays. C'est
sur des tréteaux qu'O'Connell est monté pour ressusciter son
peuple. C'est au milieu des tempêtes d'une assemblée irritée que
Channing a défendu l'immortel principe de l'abolition de l'escla-
vage, c'est-à-dire de l'égalité! C'est dans un théâtre, devant dix-
huit cents spectateurs qui ont acheté le droit de siffler en entrant,
que Dickens vient figurer, dans une lecture dramatique, les divers
personnages de ses délicieux romans! Et si aujourd'hui le peuple
anglais et le peuple américain sont au premier rang des peuples
pensants et libres, c'est qu'au lieu d'avoir la crainte de la place
publique, ils en ont le respect; c'est que pour eux il y a quelque
chose de plus noble que de réserver sans cesse sa personne, c'est
de l'exposer; c'est que toutes les petites questions de convenance
extérieure et de bienséance personnelle disparaissent chez eux
quand une idée générale est en jeu; c'est qu'ils savent enfin que
rien ne se fait ici sans combattre, et qu'à leurs yeux la poussière
du combat ne salit jamais quand on lutte pour la justice, le bien ou
la vérité. Qu'on ne nous dise pas qu'alors la grandeur de la cause
fait évanouir les misères de la lutte. Si les grands orateurs publics
sont les champions du bien, les grands artistes sont les champions
du beau! D'ailleurs le théâtre n'est-il pas aussi quelquefois une tribune, une chaire? N'est-ce pas du théâtre, et au théâtre, que partent
ces grands cris de patriotisme, d'humanité, d'indignation, qui sont

comme la voix de la conscience publique, et les comédiens ne combattent-ils pas alors, eux aussi, pour la justice et la liberté? Sous la Terreur, dans le drame de *l'Ami des Lois*, lorsque l'acteur prononça le vers célèbre :

Des lois et non du sang!

n'était-il pas aussi courageux que l'auteur qui l'écrivit? En produisant sa personne, ne l'exposait-il pas? N'était-ce pas bien de son âme enfin que sortait ce mot qu'il pouvait le lendemain payer de sa tête?

Mais, dira-t-on, si les hommes publics se produisent en public, au moins ils ne se déguisent pas, ils ne se travestissent pas, ils ne se masquent pas! Travestissements! masques! ah! que je voudrais pour beaucoup que tous les travestissements de ce monde fussent aussi innocents que ceux des artistes dramatiques, et que les gens si fiers de ne jamais masquer leurs visages fussent un peu moins prompts à masquer leur âme! Voilà les comédiens qui font injure à la dignité humaine, les comédiens du cœur!... vous, hypocrites, qui prenez le masque de la piété! vous, fripons, qui prenez le masque de la probité! vous, égoïstes, qui prenez le masque du dévouement! vous, lâches, qui prenez le masque de l'héroïsme!... vous, courtisans de tous les régimes et de toutes les puissances... Ah! ce sont ceux-là qui font une terrible concurrence aux comédiens,... surtout dans l'emploi des valets! Au moins les acteurs ne jouent ce rôle qu'accidentellement, de temps à autre; mais les courtisans, c'est toute l'année, c'est tous les jours qu'ils le remplissent... et Dieu sait avec quels appointements! D'ailleurs, si les comédiens abdiquent parfois leur personnalité pour représenter des personnages inférieurs, ne reproduisent-ils pas souvent aussi des modèles d'honneur et de loyauté? S'ils altèrent leur visage, s'ils cachent leur corps sous des vêtements qui ne sont pas les leurs, n'est-ce pas souvent pour figurer devant nous les plus beaux types de la poésie et de l'histoire? Ne leur devons-nous pas de voir vivre sous nos yeux Burrhus, Joad, Polyeucte, le vieil Horace, Auguste, Alceste? On refuse la croix d'honneur à un homme à qui on permet de représenter Fénelon! N'est-ce donc pas une compensation qui

doit compter pour cet art, que la nécessité où il met l'acteur éminent de pénétrer au fond des plus nobles âmes, de les revêtir, de
les faire siennes? Soyons-en sûrs, son cœur y gagne quelque chose,
et je ne croirai jamais que quand tous ces êtres vraiment divins
auxquels nous avons dû les plus belles émotions de notre jeunesse,
Talma, Mars, Malibran, Lablache, Rubini, nous arrachaient des
larmes d'enthousiasme et de pitié, ils ne ressentissent rien des nobles
émotions qu'ils nous communiquaient, et que leur âme ne s'éle-
vât pas en élevant la nôtre. Je n'en veux qu'une preuve! Quand il
éclate un grand désastre public ou privé, quand il s'agit de secourir
une grande infortune, qui répond toujours des premiers à l'appel?
Les artistes! A qui s'adresse-t-on toujours? Aux artistes. Il ne s'est
pas fait une fondation pieuse, depuis trente ans, où leur talent n'ait
eu sa large part. Le budget des malheureux s'accroît chaque soir
de la dixième partie de ce que leur art produit. Qu'ils se consolent
donc si un reste d'opinions arriérées leur dispute la croix; les
pauvres la leur donnent! Et, dans la terrible crise qui pèse en ce
moment sur nos ouvriers, je m'en rapporte à leur cœur et à leur
talent pour convaincre une fois de plus notre société d'ingratitude,
et le préjugé qui les frappe, d'iniquité!

E. LEGOUVÉ.

A SON EXCELLENCE M. LE COMTE WALEWSKI,

MINISTRE D'ÉTAT.

Monsieur le Ministre,

Permettez-moi de vous adresser ces deux lettres, comme à un des arbitres de la cause que je défends.

Chacun sait la sollicitude éclairée de Votre Excellence pour les arts qui sont mis sous son patronage, et particulièrement pour la musique et la poésie dramatiques; eh bien! ce n'est pas moi, ce sont elles qui viennent auprès de vous réclamer l'égalité pour l'art théâtral, au nom des services qu'il leur a rendus.

L'art théâtral ne donne pas seulement la vie aux œuvres contemporaines ou éphémères; il est le conservateur des œuvres immortelles du génie. Il les popularise, il les perpétue, il les renouvelle, parfois même il les ressuscite.

La tragédie était morte en France,... paraît une grande tragédienne, et, à sa voix, Corneille, Racine, Voltaire, redeviennent vivants devant les yeux et dans l'imagination de tous! Glück était laissé en oubli, et sinon méconnu, du moins bien peu connu; une cantatrice supérieure prend l'initiative, et, avec *Orphée*, le génie du vieux maître éclate plus puissant que jamais,... une génération entière rentre en possession d'un grand homme qu'elle avait comme perdu! Que dirons-nous donc de Talma, Talma, le créateur du costume historique au théâtre; Talma qui ajouta ainsi à nos chefs-d'œuvre une force nouvelle de réalité et de couleur; Talma qui rendit nos héros tragiques plus vrais sans les rendre moins grands et rechercha un des premiers. ce qui fait l'honneur de notre école historique et poétique, l'alliance féconde de la vérité et de l'imagination. N'est-ce donc pas là contribuer à l'éducation publique?

et un art qui joue un tel rôle dans le développement intellectuel d'un grand peuple, peut-il être mis hors l'honneur sans une injustice flagrante?

Cette injustice, la France seule la maintient; une lettre du général Guédénoff nous apprend qu'en Russie, le pays de la hiérarchie militaire par excellence, Rubini et Tamburini ont reçu de la main de l'empereur Nicolas la croix de Saint-André. En Allemagne, le célèbre acteur Devrient était, quoique encore acteur, dignitaire de plusieurs ordres. En Hollande, madame Ristori a obtenu la grande croix du Mérite, et vous avez vu en Angleterre, Monsieur le comte, ce qu'est un artiste éminent pour la fière aristocratie anglaise.

De tels exemples m'encouragent à ajouter : Cette marque d'infériorité ne vous blesse-t-elle pas pour notre pays, Monsieur le ministre, et n'êtes-vous pas tenté de l'effacer? Une hardiesse qui n'est pas une innovation, voilà certes une heureuse rencontre! sans compter que c'est quelque chose dans la vie d'un homme d'État que de pouvoir se dire : J'ai fait faire un pas à une question de principe, j'ai relevé toute une classe d'un arrêt inique, et il est tel jour de mon pouvoir qui restera gravé, comme une date de progrès, dans tous les esprits généreux, comme une date de bienfait, dans plus de dix mille cœurs!

Agréez, Monsieur le ministre, l'expression de mes sentiments de respectueuse considération.

E. LEGOUVÉ.

PARIS. — IMPRIMERIE DE J. CLAYE, RUE SAINT-BENOIT, 7

PARIS. — IMPRIMERIE DE J. CLAYE

RUE SAINT-BENOIT, 7